AS FÉRIAS DE MIGUEL E PEDRO

Ruth Rocha

AS FÉRIAS DE MIGUEL E PEDRO

Ilustrações
Mariana Massarani

São Paulo
2023

© do texto Ruth Rocha Serviços Editoriais S/C Ltda., 2020
© das ilustrações Mariana Medeiros Massarani, 2023

1ª Edição, Editora Melhoramentos, 2009
2ª Edição, Global Editora, São Paulo 2023

Jefferson L. Alves – diretor editorial
Flávio Samuel – gerente de produção
Mariana Massarani – ilustrações e capa
Equipe Global Editora – produção gráfica e editorial

Dados Internacionais de Catalogação na Publicação (CIP)
(Câmara Brasileira do Livro, SP, Brasil)

Rocha, Ruth
   As férias de Miguel e Pedro / Ruth Rocha ; ilustrações de
Mariana Massarani. – 2. ed. – São Paulo : Global Editora, 2023. –
(Coleção Comecinho)

   ISBN 978-65-5612-499-5

   1. Literatura infantojuvenil I. Massarani, Mariana. II. Título.
III. Série.

23-162059   CDD-028.5

Índices para catálogo sistemático:

1. Literatura infantil   028.5
2. Literatura infantojuvenil   028.5

Cibele Maria Dias - Bibliotecária - CRB-8/9427

Obra atualizada conforme o
NOVO ACORDO ORTOGRÁFICO DA LÍNGUA PORTUGUESA

Global Editora e Distribuidora Ltda.
Rua Pirapitingui, 111 – Liberdade
CEP 01508-020 – São Paulo – SP
Tel.: (11) 3277-7999
e-mail: global@globaleditora.com.br

 grupoeditorialglobal.com.br   @globaleditora

 /globaleditora   @globaleditora

 /globaleditora   /globaleditora

 blog.grupoeditorialglobal.com.br

Nº de Catálogo: **4495**

AS FÉRIAS ESTAVAM CHEGANDO. O MIGUEL
E O PEDRO SEMPRE CONVERSAVAM SOBRE ISSO.
— AH — DIZIA O PEDRO —, EU QUERO PASSAR
AS FÉRIAS NUM LUGAR BEM MOVIMENTADO!
— EU — DIZIA O MIGUEL — QUERO IR PARA
UM LUGAR BEM BACANA.

UM DIA A MAMÃE RECEBEU UM TELEFONEMA.
E VEIO FALAR COM OS MENINOS, TODA ANIMADA:
— O TIO CHICO E A TIA LAURA CONVIDARAM
VOCÊS PARA IR PARA O SÍTIO, LÁ EM MINAS!

O PEDRO OLHOU PARA O MIGUEL, O MIGUEL
OLHOU PARA O PEDRO.

— SÍTIO? — PERGUNTOU O MIGUEL. — AQUELE
SÍTIO ONDE NÃO TEM LUZ ELÉTRICA?

— AQUELE SÍTIO ONDE NÃO TEM TV? —
RECLAMOU O PEDRO.

O PAPAI ENTROU NA CONVERSA:
— ESSE MESMO! É UM SÍTIO MARAVILHOSO!
VOCÊS NEM PODEM IMAGINAR! FOI LÁ QUE
EU PASSEI MINHAS MELHORES FÉRIAS!

— JÁ SEI! NÃO TEM JOGO NO COMPUTADOR,
ACHO QUE NÃO TEM NEM TELEFONE! A ESTRADA
É DE TERRA, A GENTE JÁ CHEGA LÁ TODO
LAMBUZADO DE BARRO — DISSE O MIGUEL.

— MAS O TIO CHICO TEM UM JIPÃO DIVERTIDO
E TEM DOIS FILHOS DA IDADE DE VOCÊS, E ELES
TAMBÉM VÃO ESTAR DE FÉRIAS, E VOCÊS VÃO
PODER BRINCAR MUITO — RESPONDEU O PAPAI.

OS MENINOS NÃO SE CONVENCERAM MUITO. E ELES
TINHAM OUTRO CONVITE PARA PASSAR AS FÉRIAS
NA PRAIA, POR ISSO NÃO SE INTERESSARAM EM
IR PARA O SÍTIO DO TIO CHICO.
MAS NA ÚLTIMA HORA O CONVITE PARA A PRAIA NÃO
DEU CERTO, E AFINAL ELES RESOLVERAM IR PARA MINAS.

NO AEROPORTO, EM BELO HORIZONTE, ESTAVAM O TIO
CHICO, A TIA LAURA, ULI E MARCOS, OS PRIMOS.
PEGARAM O JIPÃO, QUE ERA BEM GRANDE
E ACOMODOU TODO MUNDO, MAIS A BAGAGEM.

NA VIAGEM ATÉ O SÍTIO OS MENINOS FORAM
BRINCANDO. ELES CONTAVAM PIADAS E PERGUNTAVAM
"O QUE É O QUE É?", E AS RESPOSTAS ERAM MUITO
ENGRAÇADAS. ELES FORAM RINDO O CAMINHO TODO.
E, QUANDO CHEGARAM A UM TRECHO EM QUE TINHA
CHOVIDO E A ESTRADA ERA DE LAMA PURA, O JIPE
DANÇAVA PRA LÁ E PRA CÁ, E OS MENINOS ADORAVAM.

A CASA ERA SIMPLES, MAS ERA GRANDE, TINHA UMA VARANDA NA FRENTE CHEIA DE REDES. E JÁ ESTAVA TODA ILUMINADA COM LAMPIÕES, PENDURADOS POR TODA A CASA.

QUANDO A TIA LAURA QUIS PÔR OS MENINOS NUM
QUARTO SOZINHOS, O ULI E O MARCOS NÃO DEIXARAM:
— COMO É QUE A GENTE VAI BRINCAR DE GUERRA
DE TRAVESSEIROS? — PERGUNTOU O ULI.
ENTÃO FICARAM TODOS JUNTOS NO QUARTO DOS
PRIMOS, JÁ VENDO QUE A FARRA IA SER ÓTIMA.

LOGO NO PRIMEIRO DIA OS MENINOS INVENTARAM
UM PIQUENIQUE NA REPRESA.
CADA UM DOS PRIMOS TINHA UM CAVALO. O PEDRO
E O MIGUEL MONTARAM NA GARUPA, E LÁ SE FORAM
ELES, GALOPANDO PELOS CAMINHOS.

QUANDO CHEGARAM À REPRESA, VIRAM LOGO
A CACHOEIRA, QUE NÃO ERA MUITO ALTA
E TINHA UMA PEDRA BEM CHATA EMBAIXO,
ÓTIMA PARA TOMAR BANHO. E TINHA UMA
ESPÉCIE DE ANCORADOURO, COM UMA CANOA.
E TINHA UM MOÇO SIMPÁTICO, QUE SE
CHAMAVA BETO E QUE LEVOU OS MENINOS
PARA PASSEAR E PESCAR NA REPRESA.

DEPOIS ELES COMERAM COISAS ÓTIMAS QUE A TIA
LAURA TINHA PREPARADO PARA O PIQUENIQUE:
SANDUÍCHES, EMPADINHAS E UM SUCO
DE LARANJA QUE O MARCOS TINHA DEIXADO
DENTRO DA ÁGUA PARA ESFRIAR.
E TINHA BOLO DE LARANJA, QUE É O DOCE
QUE O PEDRO MAIS GOSTA, E DOCE DE LEITE, QUE
O MIGUEL ADORA. QUANDO CHEGARAM EM CASA,
TOMARAM UM BANHO, JANTARAM E CAÍRAM
NA CAMA, QUE ESTAVAM BEM CANSADOS.

NO DIA SEGUINTE, LOGO CEDO APARECERAM UNS AMIGOS DOS MENINOS, QUE VIERAM CONVIDAR TODO MUNDO PARA JOGAR FUTEBOL. FORAM PARA A FAZENDA PRÓXIMA DE CHARRETE E JOGARAM O DIA INTEIRO.

SÓ PARARAM PARA ALMOÇAR, E TINHA
UMA MESA EMBAIXO DAS ÁRVORES,
E TINHA PEIXES FRITOS, QUE OS NOVOS
AMIGOS TINHAM PESCADO NA VÉSPERA.

NO OUTRO DIA AMANHECEU CHOVENDO. ELES TODOS
DEITARAM NAS REDES, NA VARANDA, E LERAM LIVROS
E GIBIS, QUE OS MENINOS TINHAM UMA GRANDE COLEÇÃO.
O TIO CHICO COMEÇOU A TOCAR VIOLÃO E CANTAR, E ELES
CANTARAM, TODOS JUNTOS, UMA PORÇÃO DE MÚSICAS
ENGRAÇADAS: "O MEU AMIGO PICOLÉ", "MEU DEDÃO DO
PÉ ME MATA", "O PATO QUE CANTAVA EM INGLÊS"...

E ASSIM CADA DIA TINHA UMA NOVIDADE:
JOGO DE PINGUE-PONGUE NO GALPÃO,
CAMPEONATO DE FUTEBOL DE BOTÕES,
COMILANÇA DE JABUTICABA NO PÉ,
TOMAR GARAPA NO MOINHO DE CANA...

TODO DIA OS MENINOS ACORDAVAM,
CORRIAM PARA TOMAR CAFÉ E TINHA BOLO
DE FUBÁ, TINHA CUSCUZ DE COCO, TINHA
SUCO DE PITANGA E QUEIJOS E PÃES FEITOS
EM CASA E CAFÉ COM LEITE.

ENTÃO, UM DOS MENINOS PERGUNTAVA:

— O QUE VAMOS FAZER HOJE?

NAQUELE DIA ELES IAM NADAR NO RIO.

O RIO ERA UMA DELÍCIA, NÃO ERA MUITO FUNDO,

ERA FRESQUINHO E TINHA UM ABACATEIRO

COM OS GALHOS VIRADOS PARA ELE.

OS MENINOS SUBIAM NOS GALHOS

E PULAVAM NA ÁGUA.

LOGO, LOGO O ULI GRITOU:
— CUIDADO QUE LÁ VAI UMA BOMBA!!!
E ATIROU UM ABACATE MOLINHO NA CABEÇA DO MIGUEL.
E O MIGUEL APANHOU UM ABACATE BEM
GRANDE E JOGOU NO ULI.

MAS O ULI SE ABAIXOU, E O ABACATE
SE ESBORRACHOU NA CARA DO MARCOS.
VOCÊS PRECISAVAM VER QUE GUERRA
DE ABACATES OS MENINOS FIZERAM!

O MÊS PASSOU TÃO DEPRESSA QUE, QUANDO
OS MENINOS VIRAM, JÁ ERA HORA DE VOLTAR.
O JIPÃO DO TIO CHICO LEVOU A TURMA A BELO HORIZONTE.
E O MIGUEL E O PEDRO EMBARCARAM JÁ COM
SAUDADES DO SÍTIO.
— NO ANO QUE VEM VOCÊS VOLTAM — DISSE TIO CHICO.
— COMBINADO! — DISSERAM PEDRO E MIGUEL.

QUANDO CHEGARAM, O PAPAI E A MAMÃE
ESTAVAM ESPERANDO NO AEROPORTO.
O PAPAI PERGUNTOU:
— FOI MUITO CHATO?
OS MENINOS SE OLHARAM, PISCARAM UM
PARA O OUTRO E COMEÇARAM A RIR:
— SÓ UM POUQUINHO... — DISSE O PEDRO.
— SÓ UM POUQUINHO! — DISSE O MIGUEL.

Mariana Massarani

Mariana Massarani

Adorei fazer os desenhos para a Coleção Comecinho! Tenho dois primos pequenos com essa diferença de idade e eles estão sendo meus "musos".

Também passei muitas férias ótimas no sítio dos meus tios! Pangarés, comida feita no forno a lenha e muitas jabuticabas. Não tinha cachoeira e sim piscina na casa da vizinha, que era a minha melhor amiga, a Cecilia! Até hoje a gente se encontra. O cavalo dela se chamava Dick e o meu, Bombaim. Charrete era tipo táxi em Miguel Pereira. De noite tinha cinema e na frente da tela morcegos voavam, mesmo sem ser filme do Batman.

Sou muito sortuda pois já ilustrei vários livros da Ruth Rocha! Desde *Eugênio, o Gênio* ao *Marcelo, Marmelo, Martelo*. Nesta coleção usei nanquim preto para desenhar e aquarela líquida para colorir. Ilustrei por volta de 200 livros. Escrevi outros 14, todos infantis. Recebi muitas vezes o selo Altamente Recomendável e o prêmio O Melhor para Criança, da Fundação Nacional do Livro Infantil e Juvenil (FNLIJ), e o selo White Ravens.

Meus desenhos já estiveram em várias exposições e catálogos no Brasil, Itália, Alemanha, Coreia e Japão. E a obra *Enreduana*, com texto de Roger Mello, e minhas ilustrações, ganhou o Prêmio Chen Bochui na China, na categoria livros internacionais.

Ruth Rocha

Mariana Massarani

RUTH ROCHA nasceu em 2 de março de 1931, em São Paulo. Ouviu da mãe, dona Esther, as primeiras histórias, e com vovô Ioiô conheceu os contos clássicos que eram adaptados pelo avô baiano ao universo popular brasileiro.

Consagrada autora de literatura infantojuvenil, Ruth Rocha está entre as escritoras para crianças e adolescentes mais amadas e respeitadas do país. Sua estreia na literatura foi com o texto "Romeu e Julieta", publicado na *Recreio* em 1969, e seu primeiro livro, *Palavras, muitas palavras*, é de 1976. Seu estilo direto, gracioso e coloquial, altamente expressivo e muito libertador, mudou para sempre a literatura escrita para crianças no Brasil.

Em mais de 50 anos dedicados à literatura, tem mais de 200 títulos publicados e já foi traduzida para 25 idiomas, além de assinar a tradução de uma centena de títulos infantojuvenis. Recebeu os mais importantes prêmios literários como da Academia Brasileira de Letras e da Academia Paulista de Letras, da qual foi eleita membro em 2008, da Associação Paulista dos Críticos de Arte, da Fundação Nacional do Livro Infantil e Juvenil, além do Prêmio Moinho Santista, da Fundação Bunge, o Prêmio de Cultura da Fundação Conrad Wessel, a Comenda da Ordem do Mérito Cultural e oito prêmios Jabuti, da Câmara Brasileira do Livro.

Foto: Acervo da autora

Um dia, Miguel estava muito triste porque ninguém podia brincar com ele. Minha filha e meu genro estavam trabalhando e o irmão era muito pequenininho para brincar. Nenhuma ideia surtia efeito: desenhar, pintar, nada. O que eu fiz? Escrevi uma história! Dois tatuzinhos chamados Pedro e Miguel. Meu marido Eduardo fez a ilustração e enviamos por fax. A partir disso, nasceu a coleção Comecinho.

RUTH ROCHA

Esta coleção nasceu assim, com Ruth Rocha trazendo um cotidiano tão próximo a tantas famílias, e Eduardo Rocha ilustrando de modo bem lúdico seus netinhos Miguel e Pedro como se fossem tatus. Vamos então acompanhar estas histórias de Miguel e Pedro, que cresceram e agora enfrentam novos dilemas e encantamentos, com muitos aprendizados!